獻給
青春。

這趟青春之旅
你與誰同行

「 這是我的一個祕密，再簡單不過的祕密：

　一個人只有用心去看，才能看見一切⋯

　真正重要的東西，只用眼睛是看不見的。 」


「 是你在玫瑰身上所付出的時間，

　才讓你的玫瑰變得如此重要。 」


聖修伯里《小王子》

# 花女小王子

陳書敏

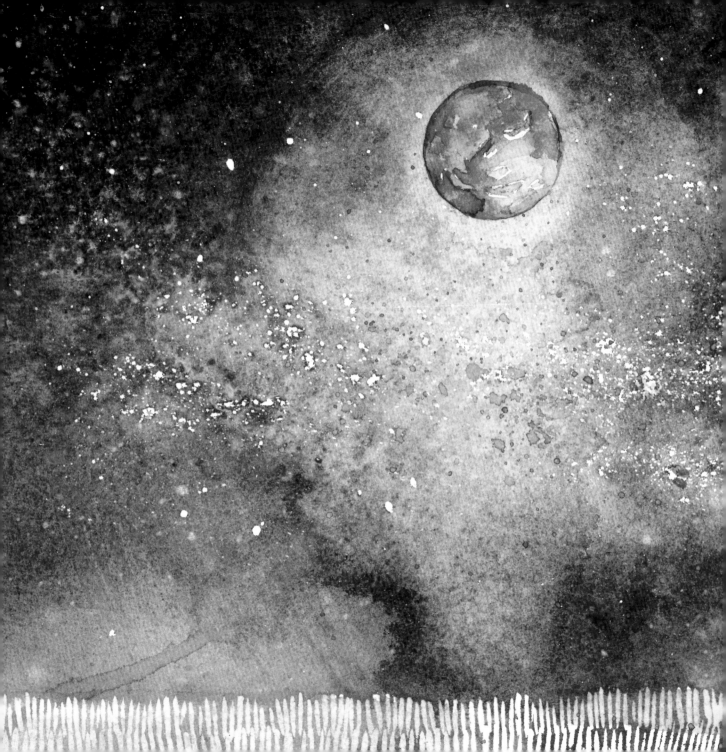

我會永遠珍藏
我們最好的模樣

## 故事路線

小王子從太陽出發，去地球一趟，先降落在埃及沙漠，接著來到花蓮港燈塔，於北濱上岸，走進花女校門口，經過花女中庭與操場美育大樓，人們熱鬧聚集在體育館觀賞年度盛宴啦啦隊，最後小王子回到了等待他的狗狗身邊。

## 如何閱讀

1. 看圖編自己故事 --- 作品主軸是無文字繪本，搭配圖的關鍵字說明留在書的後面出場，希望觀眾先想像不同的故事情節，單純的欣賞後再看解謎參考版。

2. 尋找彩蛋 --- 於花女教學有門課讓同學進行藝術家 / 藝術流派再創造，自然而然於繪本中開心融入，向經典藝術品致敬。

## 創作者

陳書敏，畢業於花蓮女中與師大美術系，現為國立花蓮女中美術教師，東華藝創所就讀中。對成長的故鄉花蓮，對花女有濃濃的感情，花女學生可愛，教學相長，為過程中的師生互動所感動，連結到青春時的回憶，想將相關的人事物轉換成創作畫面珍藏起來，於是本書誕生。

☆ 領銜主演：曾經/現在/未來，陪我一段的花蓮妙人事物，
  與花女美術班第25屆特優寶貝們。

**花女小王子**                                                       圖・文／陳書敏

美術編輯／陳怡安        經紀企劃／徐錦淳        專案主編／林孟侃        發行人／張輝潭

出版發行／白象文化事業有限公司

412 台中市大里區科技路 1 號 8 樓之 2（台中軟體園區）        出版專線／（04）2496-5995        傳真／（04）2496-9901

401 台中市東區和平街 228 巷 44 號（經銷部）        購書專線／（04）2220-8589        傳真／（04）2220-8505

印刷／基盛印刷工場        初版一刷／2020 年 9 月        定價／新台幣 360 元整

ISBN ／ 978-986-5526-85-6        缺頁或破損請寄回更換        版權歸作者所有・內容權責由作者自負        版權所有・翻印必究

本出版品感謝花蓮縣文化局補助        指導機關／花蓮縣政府